나와 함께
하자

나와 함께하자

초판 1쇄 인쇄일 2022년 10월 13일
초판 1쇄 발행일 2022년 10월 20일

지은이 김정민
펴낸이 양옥매
디자인 표지혜 송다희

펴낸곳 도서출판 책과나무
출판등록 제2012-000376
주소 서울특별시 마포구 방울내로 79 이노빌딩 302호
대표전화 02.372.1537   **팩스** 02.372.1538
이메일 booknamu2007@naver.com
홈페이지 www.booknamu.com
ISBN 979-11-6752-194-1 (03800)

김정민 다섯 번째 시집

함께 부르는 노래

사람을 불러요 오늘
함께 부르는 사람

늘 함께 노래하는 내용
함께 바라네

우리 일제 불러요
사랑을 희망의 노래

희망과 사랑 근
마음으로 행복을

함께 부르는 노래
함께 부를 수 있어

행복한 사람의 노래   다시 노가 심고
언제나 함께할 노래   시로 통점 하요.

아이가 손노기가 되고
넌 인 아도이 다니

정민이의 자필 시

정민이의 네번째 시집을 준비하며

세상을 보는 순수한 눈과 위트 있는 표현

어느새 어엿한 성인이 되었고 시의 완성도도 너무나도 깊어져서 "정민아, 정민아!" 하고 부르던 시절의 기특한 마음만으로 적던 글 정도로는 너무 부족할 것 같습니다. 개인적으로 이렇게 시집 발간의 축하 인사를 할 수 있게 되어서 정말 기쁘고 영광스럽기도 하고 우리 정민이가 자랑스럽습니다.

정민이를 처음 본 게 벌써 10여 년 전, 유독 순수한 영혼에 천사처럼 세상을 바라보는 눈과 위트와 유머로 오히려 어른인 제게 먼저 다가와 저를 부끄럽게 했던 기억이 납니다. 이전의 첫 번째 시집부터 지금까지의 시집을 고맙게도 읽게 해 주어서 다 읽어 보았는데, 특히 습작 수준인 줄 알았던 첫 번째 시집을 얼핏 읽고 나서의 그 충격은 지금도 잊을 수 없습니다. 그래서 다시 한 번 천천히 정독을 했었던 기억이 납니다.

간결한 글귀에 정민이 눈에 비춰지는 세상 모든 물건과 이치에 대한 순수한 마음은 어쩌면 저는 이제 정민이를 통해서만 기억을 하는 그리움, 순수함, 슬픔 등의 향수였을지도 모릅니다. 그래서 정민이의 시를 읽으면 기쁘고 놀라면서도 항상 가슴 한편이 아려 오는 기분이 꼭 나쁘지만은 않은 통증이 동반되기도 하지요.

이제는 시의 수준도 어디에 등단해도 못지않을 정도의 수준이고 성인이 된 김정민 시인의 또 다른 앞날을 힘차게 응원하지만, 저는 앞으로도 "정민아, 정민아!"라고 부르면서 응원하고 싶고 정민이를 통해 어린아이처럼 우리의 마음이 하얀 도화지처럼 순수하고 깨끗해졌으면 합니다.

나의 위트 있는 친구이자 멋진 시인, 멋진 선생님 정민아! 새로운 시집 발간을 진심으로 축하하고 사랑한다!

이춘택병원장

윤성환 드림

정민이의 사랑이 세상에 널리 전해지기를

우리가 만난 지 벌써 6년이 흘렀네요. 해맑고 청순함이 너무나 인상 깊었던 첫 만남에서 함께했던 고등학교 시절이 새삼 아련하게 떠오르네요.

정민아! 다섯 번째 시집을 내게 되어 진심으로 축하한다. 이전의 시집에서 정민이의 따뜻한 마음과 세상을 향한 사랑의 메아리가 내 마음을 적시었듯이, 이번 시집도 벌써부터 감동이 밀려오는 듯하단다.

지금까지 인도하신 하나님의 사랑으로 성인이 된 우리 정민이. 이번 시집도 꿈과 소망, 그리고 행복의 노래가 흘러넘치리라 기대가 되네. 시를 통해 정민이의 사랑이 세상에 널리 전해지기를 바란다.

대학 생활을 열심히 잘 보내고 있으리라 믿으며, 앞날

도 진심으로 응원할게. 정민아, 사랑해! 하나님의 은
혜가 충만하기를……

정민이를 사랑하는

선생님 양우심

찬미의 노래가 시가 되어

정민이가 펴낸 시집 제목들을 가만히 읽어 봅니다.
《정민이가 보는 세상》, 《아주 작은 소녀의 노래》, 《행복을 그리는 우리》, 《희망을 노래합니다》.

2014년 10월 17일, 정민이 첫 시집이 나오던 날의 감격과 기쁨이 아직도 생생합니다. 자신의 글이 책이 되어 나오던 날, 세상을 다 가진 듯이 행복해하던 모습을 어찌 잊을 수 있을까요?

통닭을 좋아하는 꼬마 정민이의 세상은 때론 단색이었고 때론 알록달록 무지개색이었지요. 글쓰기를 좋아하는 정민이는 늘 주님을 찬양해요.

주님에 대한 사랑뿐 아니라 꽃과 자연을 시(詩)로 표현하며 자랐지요. 정민이가 만나고 보는 세상은 모두

시(詩)가 되어 흘러나왔고요. 곁에서 지켜볼 수 있는 것만으로도 감사했답니다.

삐뚤빼뚤한 글씨가 점점 이뻐지고, 힘내서 걷는 연습을 하고, 시를 쓰면서 행복해하는 정민이를 보면서 주님을 찬양하지 않을 수 없었어요.

행복을 그리면서, 희망을 노래하면서 정민이는 이제 스물두 살이 되었네요. 주님께서 정민이와 함께 계시기에 오늘도 찬미의 노래가 시(詩)가 되어 흘러나오는 복된 나날들입니다.

정민이 다섯 번째 시집 《나와 함께하자》를 통해 주님께 영광 드리는 복된 시간에 함께할 수 있어서 고맙습니다. "나와 함께하자"라고 말씀하시는 주님의 음성이 모두에게 울려 퍼지기를 기도합니다.

정민이와 함께 걷는

우승자 쌤이

절망 속에서도 희망을 품다

정민아, 벌써 정민이의 다섯 번째 시집이 출간되었네. 처음 널 만났을 때만 해도 중학생이었는데 벌써 대학교 졸업을 앞두고 있다니. 너의 시 〈함께 부르는 노래〉에서 네가 그랬던 것처럼 아이는 소녀가 되고 이제 어엿한 성인이 되었구나. 기특하고 무척이나 대견하다.

사실 바쁘다는 핑계로 시집이 나올 때만 너를 보러 가는데, 그때마다 난 깜짝깜짝 놀라. 거의 2년에 한 번씩 보게 되는데 믿기지 않을 만큼 네 표정이 밝아졌고 몸 상태가 나아졌기 때문이야.

이번의 자필시를 받아 보고는 또 한 번 감동했어. 글씨가 또렷해진 건 말할 것도 없고 비뚤거리던 줄도 거의 수평으로 반듯하더라고. 아무리 상황이 안 좋아도 희망을 품고 노력하면 이렇게 좋아질 수 있다는 것을 실감했어. 이렇게 되기 위해 네가 얼마나 노력했을까? 얼마나 많은 땀을 흘리고 또 절망을 이겨 냈을까?

대학을 졸업하면 사람들에게 도움을 받던 네가 사람들에게 도움을 주는 삶을 살게 되겠지. 이것 역시 네가 말하던 하느님의 은총이 아닌가 싶어. 너의 변화가 다른 사람들에게도 선한 영향력을 줄 거라고 믿는다.

언제나 늘 응원해. 나뿐만 아니라 널 응원하는 사람들이 숱하게 많은 거 알지? 이번에도 후원해 주시고 관심 가져 주신 소롭티미스터 한남클럽 이모님들과 숱한 후원자들, 봉사자들…….

고마운 분들의 사랑과 격려 잊지 말고 지금까지 그래 왔던 것처럼 꾸준히 노력하자. 봉사자로서 네 삶에도 하느님의 영광이 함께하길 빈다.

정민이를 아끼는
작가 한수옥

우리 함께 이 행복 누려요

꽃인 너와 함께
꽃인 너와 함께

행복을 또다시
행복을 또다시
그리고 싶다

피를 쏟아 사랑 쏟아 쓰신 편지
모두 주어 모두 주며 쓰신 편지

피로 편지 쓰신 한 분의 사랑 이야기
피로 편지 쓰신 그분의 사랑 이야기

이렇게 너를 사랑한다며
피로 표현해 주신 주님의 사랑 얘기

〈나와 함께하자〉는 저 그리고 부모님,

여러분 모두와 행복하고 싶은

그분의 사랑 이야기입니다

이 행복 안에서 우리 함께 이 행복 누려요

이 모든 일은 주님이 하셨습니다

주님께만 모든 영광 올려 드립니다.

감사합니다

이 자리를 빌어 저를 도와주셨던

많은 봉사자님들과 후원자님들

그리고 제게 후원을 아끼지 않으신

소롭티미스터 한남클럽 이모님들께도 감사드립니다

김정민

차례

2장.

너와
함께하고 싶어

3장.

〰〰〰

네가 살아야 하는
이유

4장.

오늘도
너를 사랑해

5장.
주님과
함께 쓴다

1장.

빛으로 그리며
살아가는 삶

사랑을 그리며 행복을 그리며

꿈을 그리며

새로운 희망을 그리며

그렇게

설레임으로

설레임으로
설레임으로 시작하는
힘든
하지만 가야 하는
새로운 기차 여행

그날이
다시 오길

다시 그릴 그날이
다시 나눌 그날이

다시 부를 그날이
다시 지을 그날이

행복을 사랑을
노래를 미소를

웃으며 울고 있는 모두에게

요즘 웃으며 울고 있는 모두에게
행복을 기도하며 편지합니다

요즘 웃으며 울고 있는 모두에게
미래를 기대하며 편지합니다

요즘 희망과 사랑이 필요한 모두에게
사랑과 희망을 전하는 편지를 보냅니다

요즘 웃으며 울고 희망과 사랑이 필요한
여러분
우리들 모두 희망과 행복과 사랑을
노래합시다

마음의 동산에

우리 마음의 동산에
기쁨의 꽃들을 심고

우리 마음의 동산에
사랑의 나무도 심고

우리 마음의 동산에
행복의 나무도 심고

희망의 나무도 심어
아름답게 가꿔 가요

나로 산다

나로 산다는 것
산다는 것은

나를 찾는다는 것
찾는다는 것은

모두가 지쳐 버린
지금이지만

이 순간 다시
여행을 떠나요

나를 찾아서
의미 찾아서

나로 산다는 것
산다는 것은

바라며

너의 행복을 바라며

나의 사랑을 바라며

바라며 바라며

바라며 바라며

보고서 감사해

바라며 바라며

바라며 바라며

바라며 바라며

내 사랑 알기를

알기를 바라며

바라며 바라며

바라며 바라며

기쁨과 웃음과 행복과
천국을

너에게 주고 싶어
기쁨을 주고 싶어

너에게 주고 싶어
웃음을 주고 싶어

너에게 주고 싶어
행복을 주고 싶어

너에게 주고 싶어
천국을 주고 싶어

빛으로 그리며 살아가는 삶

빛으로 그리며 살아가는 삶
빛 되신 주님과 그리며 살아가는 삶

사랑을 그리며 행복을 그리며 꿈을 그리며
새로운 희망을 그리며 그렇게

주님 사랑 안에 모든 것 그리며 그렇게
주님과 함께하며 언제나 그렇게

빛으로 그리며 살아가는 삶
빛 되신 주님과 그리며 살아가는 삶

기도드립니다

모두의 기쁨을
모두의 희망을

모두의 행복을
모두의 사랑을

모두와 기쁨을
모두와 사랑을

모두와 행복을
모두와 희망을

나에게 오기를

나에게 오기를
나에게 오기를

꽃이 아니라 해도
너는 이미 꽃이니

그 모습으로 내게
넌 꽃이니 오렴

나에게 오기를
나에게 오기를

향기로

은은하게 허브처럼
모두에게 그렇게

함께 은은하게
함께 향기롭게

함께 은은하게
함께 향기롭게

향기로운 꽃으로
향기롭게 살기를

그대로의 기도

지금 그대로 기도하고
나아갈 수 있기를 기도합니다

지금 내 모습으로 그대로
나아가길 기도합니다

다시 나로 나아가
함께하여 주시는

그분과 품속에서
울고 웃고 살기를

지금 그대로 기도하고
나아갈 수 있기를 기도합니다

뜨거운 삶

뜨거운 삶 살기를
뜨거운 삶 살기를

오늘도 내일도
언제나 그렇게

오늘도 내일도
언제나 그렇게

뜨거운 삶 살기를
뜨거운 삶 살기를

아파도

아파도 달리고
아파도 웃는다

아파도 부른다
아파도 짖는다

아파도 아파도
아파도 아파도

달리고 웃는다
부르고 짖는다

행복을 위한 기도

행복하게 하소서
아버지 하나님

이 사랑 안에서
예수님 안에서

십자가 사랑 안에서
십자가 사랑 안에서

그 품 안에서 다시
이 사랑 누리며

행복하게 하소서
행복하게 하소서

행복하게 살기 위한
기도 1

행복하게 살 수 있게
행복과 함께하길

기도해요 기도해요
기도해요 기도해요

모두와 살기를
함께해 행복을

삶으로 기도해
살아가 기도해

꽃밭에 가득히 피우며
살아가 기도해 행복을

행복의 꽃밭에서 기도해

행복하게 살기 위해 기도해

행복하게 살기 위한 기도

행복하게 살기 위한 기도

행복하게 살기 위한
기도 2

오늘도 행복을 기도합니다
행복과 함께하길 주님과

주님과 함께하는 행복
주님 안에 행복을

느끼며 누리며 살게
행복하게 살게 하소서

주님을 사랑하며
행복하게 살게 하소서

오늘도 행복을 기도합니다
행복과 함께하길
주님과 함께하길

행복하게 살기 위한
기도 3

주님과 행복하게 살게 하소서
주님과 행복하게 살게 하소서

주님과 행복의 삶 함께 살도록
사랑하며 찬양하며 말하면서

행복하게 사는 사람으로
주님과 사는 사람으로

나를 살아 행복한
내가 되게 하소서

회복되게 하소서
나로 살게 하소서

진정한 행복을 사는 나로

나답게 행복을 사는 나로

주님과 함께 사는 나로

주님과 함께 사는 나로

주님과 행복하게 살게 하소서

주님과 행복하게 살게 하소서

행복하게 살기 위한
기도 4

너를 위해 나를 위해
울 모두 위해

행복을 기도해
행복을 기도해

살며 기도해
너의 행복을

살며 기도해
우리 행복을

행복을 살기 위한
행복을 위한

사랑으로 행복 살도록
기쁨으로 행복 살도록

행복하게 살기 위한 기도
행복하게 살기 위한 기도

너를 위해 나를 위해
울 모두 위해

사랑 안에서

사랑이 날
사랑이 날

안고 가네
안고 가네

삶 속으로
행복 속으로

사랑하며
행복 살도록

사랑이 날
사랑이 날

사랑 안에서

행복과 살도록

행복 안에서

행복 안에서
누리며 노래하며

행복 안에서
쓰고 사는 사람이

되기를 오늘도
바라고 기도해

매 순간의 삶이
행복이 되길

이렇게 오늘
행복 살아가길

행복 안에서

행복 안에서

보물을 안고

보물을 안고
행복을 품고
사는 사람

사랑의 보물과
살아서 감사한
그런 사람

네가 되길
우리 되길
모두 되길

오늘도
내일도
바라며 쓴다

해바라기처럼

나만 바라봐
나만 바라봐

힘들어 지칠 때
언제나 나를 봐

하늘을 보며
웃으며 보자

하늘을 보며
울지 말고

해바라기처럼
보고 싶어요

행복 향기

행복 향기 맡으며 살자
행복 향기 맡으며

행복 향기를 품고
행복의 향기 품고

행복 속 향기를
행복 안 향기를

그 향기 안에서 살자
향기와 하나 되어

향기를 풍기며
향기로 살자

순수하게 살기 원해

순수하게 살기 원해
순수하게 살기 원해

너처럼, 이라는 마음을
더 순수하게 살라는 것으로

순수하게 살겠습니다
순수하게 마음을 쓰겠습니다

처음의 마음으로 그 마음을
찾아 주셔서 감사합니다

우체부가 되고 싶어

행복을 전하는 사람이
사랑을 전하는 사람이

행복과 사랑을 전하는
위로의 우체부로

기쁨을 전하는 사람이
희망을 전하는 사람이

기쁨과 희망을 전하여
위로의 우체부 되고파

안고 가고 싶어
이런 사람 되어

모두의 곁에서

난 오늘도

2장.

너와
함께하고 싶어

너와 함께하고 싶어
나의 기쁨 나의 행복
매일 너와 행복 사랑
나의 너를 향한 마음

주님과 나와

주님과 나와
주님과 나와 함께 있어
행복한 시작되길
아니, 마지막까지 가길

함께 행복을 그리던
날들이

함께 행복을 그리던 날들이
함께 희망을 노래한 날들이

많은 사랑을 나누던 날들이
뽑혀 버리고 자란 건 오래전

하지만 새날이 오기를
새로운 숲들이 되기를

사랑과 행복을 피우는
마음의 숲들이 되기를

꿈꾸고 기도하며
응원하고 기쁨을 나누며

행복의 새싹

행복의 새싹이
돋아날 때까지

우리 함께 기도해요
우리 함께 기도해요

사랑의 새싹이
돋아날 때까지

우리 함께 기도해요
우리 함께 기도해요

다시 돋아날 때까지

너와 함께

꽃인 너와 함께
꽃인 너와 함께

행복을 또다시
행복을 또다시
그리고 싶다

사랑하니

사랑하니
나 사랑하니

사랑하니
부모님 사랑하니

사랑하니
스승 사랑하니

사랑하니
모두 사랑하니

따뜻하게 안아 주는
친구

네 마음이 힘들 때나
네 마음이 슬플 때

언제나 따뜻하게
언제나 따뜻하게

안아 주는 그런 친구
되어 항상 옆에 있을게

언제나 그런 친구
웃을 땐 함께 웃는

늘 그래 왔던 것처럼
언제나 그런 친구

따뜻한 손난로

우리가 서로의 손을 잡고
따뜻하게 잡고 다시 가는

서로의 손난로 되어 걸어가던
서로의 힘이 되며 함께하던

그 길이 다시 열리길
그 날이 다시 오기를

기다리며 기대하며
기도하며 살아가요

서로의 손난로 되어 걸어가던
서로의 힘이 되며 함께하던

다가와 다가와

내게 다가와
내게 다가가

서로 울고
서로 웃고

그런 너를
기다리며

너를 부른다
너의 이름을

너와 함께하고 싶어

너와 함께하고 싶어
나의 사랑 나의 아들

너와 함께하고 싶어
나의 기쁨 나의 행복

매일 너와 행복 사랑
나의 너를 향한 마음

너의 나를 향한 마음
너와 함께하고 싶어

함께해

함께하기
사랑하기

나와 같이
함께하기

나의 사랑
나의 피로

우리의 행복의 길

우리의 행복의 길
우리의 걸어간 길

우리의 행복의 길
우리가 걸어갈 길

이 길을 걷고 걸을
이 날을 모두 함께

모두와 함께 걷던 이 길에서
주님과 함께 걷는 이 길에서

할

사랑할 우리가
행복할 우리가

함께할 우리가
누릴 우리가

기쁠 우리가
웃을 우리가

오늘도 우리가
이렇게 우리가

공원 만들기

기쁨 꽃 희망 꽃
사랑 꽃 행복 꽃

꿈의 꽃 다 피워
공원을 만들자

우리 모두 주님과
우리 모두 다 함께

우리 마음의 공원
우리 모두 다 함께

활짝 꽃을 피우는
예쁜 꽃이 가득한

나에게 향해

나에게 향해
나와 늘 함께

너의 얼굴을
너의 시선을

나에게 돌려줘
나에게 보여 줘

나에게 향해
나와 늘 함께

고무줄

끊고 싶어도
끊을 수 없는

끈 세 개가
있습니다

사랑으로
묶인 끈

나에겐 세 개의
끈이 있습니다

끊고 싶어도
끊을 수 없는

알려함

알 알아주고
려 격려하고
함 함께하는

그런 사람

웃 웃어 주고
사 사랑하고
안 안아 주는

그런 사람

이렇게
살아가길

나의 모습
나의 모습

모두와 함께
모두와 함께

따뜻하게 감사며
따뜻하게 감싸며

이렇게 살아가길
이렇게 살아가길

내 모습 이러하길

언제나 있어

언제나 너와
언제나 너와

너와 함께하고
함께하고 있어

언제나 너와
곁에서 너와

나는 너의 행복
사랑이고 하기에

와

와 와 내게로 와
와 와 내게로 와

난 항상 함께 있어
난 너와 함께 가고

너와 함께 멈추고
너와 함께 뛰고

내 속에서 느껴
널 바라는 내 맘

와 와 내게로 와
와 와 내게로 와

한순간도

한순간도 흐리지 않아
널 바라보는 내 눈을

한순간도 멈춘 적 없어
너와 걸어가는 이 걸음

하지 않은 적 없어
너를 하는 일, 사랑

순간도 놓치지 않아
너의 모든 것 너를

장미로 사시는 분들께

장미로 사시는 분들께
위로를 전합니다

장미로 사시는 분들께
사랑을 전합니다

장미로 사시는 분들께
희망을 전합니다

장미로 사시는 분들께
행복을 전합니다

행복 학교

행복을 나누고
배우는 곳이 있다

행복한 분들과
함께할 수 있어

행복과 함께하는
그곳이 그저 감사하다

함께 있어

함께 있어 행복해
함께함이 행복해

너와 함께해 난 항상
나는 언제나 널 보며

함께 살고 있어
걷고 있어 너와

오늘도 함께하며 사랑해
오늘도 너를 이렇게 사랑해

너를 사랑해 내일도 언제나
너를 사랑함이 행복해 나에겐

너의 날에
대하여

너

너

너

날

날들

날의 소중함

너에 대하여

너의 소중함

너의 순간에

감사하며 내가

있어 살기를

너의 마음속

또 너의 삶 속
너의 삶 행복 속
내가 함께하기를

너의 날들에 대한
소중함 함께함

전한다 오늘도
너에게 지금

너의 날에 대하여
너에 대하여

눈물을 눈물로

눈물을 흘린다는 건
눈물이 나는 날이 있다는 건
감사한 일이다

뜻있는 눈물,
함께하기 위한 눈물을
흘릴 수 있다면

눈물로 느낄 수
있는 것이 있다면
감사한 일이다

이런 눈물이라면
흘리길 바라며
기도한다

다른 사람을 위해
눈물 흘릴 수 있는
사람이 되길

이렇게 기도하고
살 수 있다면
감당할 수 있다면⋯⋯

서로를 위하는 마음

서로를 위하는 마음으로
함께 걷고 살아온 너와 나

기쁠 때 웃어 주고
힘들 때 위로하며

친구로 친구라는 이름으로
우정으로 아니 사랑으로

서로를 위하는 마음으로
끝까지 살고파

우리 지금처럼
끝까지 나와 너와

너에게 나는

나에게 너는

3장.

네가 살아야
하는 이유

내가 널 빚어 숨을 주고
내가 내 모든 피의 사랑을 주었으니
사랑 감사 찬양 예배
이게 너의 삶의 이유

지친 너에게

지친 너에게
사랑의 노래를 불러 줄게
위로의 노래를 불러 줄게

너의 곁에서 기도할게
너의 행복을 위하여

너의 마음속

너의 마음속 내가 있니
너의 마음속 나의 얼굴

내 사랑의 얼굴이 보여
네 십자가 사랑을 보니

널 위한 사랑을 바라보니
넌 바라보며 사니 내 사랑을

넌 보니 내 사랑 내 얼굴
넌 보니 내 사랑 내 얼굴

너의 마음속 내가 있니
너의 마음속 나의 얼굴

너의 행복을 위하여

너의 행복을 위하여
너의 행복을 위하여

내가 찔러서
허물을 벗기고

내가 상해서
죄악 씻기고

징계 받아서
평화 주었고

내가 맞아서
네가 나았다

너의 행복을 위하여

너의 행복을 위하여

너 행복하니

너 지금 행복하니
너 지금 행복하니

너의 행복이
나의 행복이야

너 진짜 행복하니
너 정말 행복하니

나의 안에 거하는 것이
행복 안에 있는 것이야

참행복의 길로

참행복의 길로
다시 초대하마
다시 네게 돌아와
이 행복 안으로
나는 네가 행복하길 원한단다

참행복의 길로
다시 초대하마

다시 네게 돌아와
이 행복 안으로

나는 네가
행복하길 원한단다

기쁨의 악기

너는 기쁨의 악기
너는 나의 악기
기쁨의 악기란다

가장 아름다운 악기
내가 널 그렇게
그렇게 지었단다

사랑을 나누며

사랑을 나와 나누며
사랑을 나와 나누며

우리 함께 행복하자
우리 함께 행복하자

내 참된 사랑 안에서의
내 참된 사랑 느끼면서

행복하게 살아가렴
행복하게 살아가렴

사랑을 알면

내 사랑을 알면
너도 사랑케

내 사랑을 알면
너는 행복케

내 사랑을 알면
너도 감사케

내 사랑을 알면
너도 나누게

피로 쓰신 lover letter 1

피로 쏟아 사랑 쏟아 쓰신 편지
모두 주어 모두 주며 쓰신 편지

피로 편지 쓰신 한 분의 사랑 이야기
피로 편지 쓰신 그분의 사랑 이야기

이렇게 너를 사랑한다며 피로
표현해 주신 주님의 사랑 얘기

피로 쓰신 lover letter 2

그 사랑 그 피의 사랑 이야기
그 은혜 그 사랑 이야기

그 감동스런 사랑 이야기
그 이야기를 우리 들어요

널 사랑한다며
울 함께하자며

쏟으신 그 피의 사랑
더욱 감사하며 살게 하소서

너를 위하여

너를 위하여
사랑 위하여

나의 사랑 너를 위한
나의 흘린 나의 피가

이 십자가 사랑이
널 위한 나의 사랑

너를 위하여
사랑 위하여

너를 이렇게 사랑했다 1

너를 이렇게 사랑했다
지금도 이렇게 사랑해

너의 시작을 사랑했고
너의 지금도 사랑한다

너의 모습을 만들었고
나의 아들을 보내었고

나의 아들은 피 흘리고
나의 아들은 죽었다가

살아 이렇게 너를 살리고
너와 함께해 너를 사랑해

너를 이렇게 사랑했다

지금도 이렇게 사랑해

너를 이렇게 사랑했다 2

내가 너를 어떻게
사랑했는지 다시
또 말해 줄 거야

잘 들어 보렴
너를 향한 나의 이 속삭임을
너를 이렇게 사랑했다

내가 너를 이처럼 사랑했다
찔리고 상해 너를 사랑하고

맞고 피 흘려 죽어
나의 생명 주어 허물과 죄 없애고
널 살려 사랑했단다

정말

정말 그 사랑을
정말 그 사랑을

알고 믿고 사랑하며
감사하며 살아가고 있나요?

정말 그 은혜를
정말 그 은혜를

알고 믿고 사랑하며
감사하며 살아가고 있나요?

네가 살아야 하는 이유 1

네가 살아야 하는
이유를 말해 주마

내가 널 위하여
목숨 버렸으니

네가 나의 사랑을 알고
네 형제를 위해 목숨을 버려
그를 사랑하면

내가 널 이렇게
사랑한 것처럼

하나님이 세상을
이처럼 사랑하사
독생자를 주셨으니

이는 그를 믿는 자마다
멸망하지 않고 영생을
얻게 하려 하심이라

네가 살아야 하는 이유 2

네가 살아가는 이유
존재 이유를 또 말해 주마

내가 널 빚어 숨을 주고
내가 내 모든 피의 사랑을 주었으니

사랑 감사 찬양 예배
이게 너의 삶의 이유

삶의 이유 존재 이유
너를 향한 나의 사랑이

내가 널 사랑하는 이유

내가 널 사랑하는 이유
너니까 사랑하는 거야

존재를 사랑하는 거야
내가 널 사랑하는 이유

내가 널 다시 사 왔으니
너에게 피를 주었으니

너의 행복을 위하여 사랑하는 거야
내가 널 지었으니 행복을 바라는 거야

너의 행복이 나의 행복이니까

그래 그래서 너를 사랑한단다

내가 널 사랑하는 이유

내가 널 사랑하는 이유

너에게 전하고 싶은
사랑 이야기

너에게 전하고 싶은 사랑
너에게 전하고 싶은 말

나의 십자가 사랑 이야기
널 위한 사랑 나의 사랑

피의 사랑 널 위해 흘린 피
너의 행복을 위하여 널

나의 행복을 위하여 널
나의 행복을 위하여 널 사랑해

사랑하려고

사랑하려고
사랑하려고

오고 죽고
살아 주어

살게 했다
나와 함께

사랑하려고
사랑하려고

사생의 불씨

사랑과 생명의 불씨
오심으로 타오르게

주님 안에서의 행복의 불씨를
그 불꽃을 그 피의 사랑 주심으로

마음에 우리의 행복으로
오심으로 피우셨습니다

사랑, 피의 꽃을 뿌려
생명의 그 꽃을 뿌리며

그 따뜻한 행복으로
그 사랑의 생명으로

생명이심을

내 생명이심을
고백하며 감사해

전부를 주셔서
날 사랑하심

감사하며
살아야 하는데

사랑으로 오신
주님 사랑하며

꽃을 봐

너를 봐 꽃을 봐
사랑 네 모습을

너는 내 사랑
너는 내 꽃

너의 모습
나의 모습

내가 지은 내
사랑하는

나의 형상
나의 꽃

꽃보다 아름다운

내 지은 너의 모습

나의 아들 너에게

나의 사랑 너에게

준 십자가 사랑

내 아들을 보낸

다 줄 만큼 사랑하니

너의 행복 바라며

삶이 되기 위해

삶이 되기 위해
행복한 삶이 되기 위해

널 살게 하기 위해
널 나와 함께 살게

너로 너답게 나와 함께
누리며 살기를 나와 함께

날 주어 나와 너 함께
삶 행복한 너를 위해

내 사랑의 너

날 주었다 널

사랑하기에

사랑하니까

품으심 붙드심

날 품으심 감사합니다
날 품으심 감사합니다

언제나 곁에서
언제나 안에서

사랑으로 품으심
사랑으로 붙드심

함께하심을 오늘도
강하신 손을 오늘도

그 마음을 오늘도
그 부드러움을

느끼며 살게 하심 감사합니다
언제나 함께 사심 감사합니다

나답게 되기까지

나답게 되기까지
주님이 계심을 고백해

정금 진금 되기까지
불이 필요하듯이

내건 사랑임을
내건 주님임을

주님 안에서 내가
진짜 나 됨을

주님의 사랑이

나로 만듦을

고백해 내가

고백해 내가

물과 피에게

물 너에게도 말해
물 너 없으면……

피 너에게 말해
피 너 없으면……

살 수 없듯이
나에겐 너힐

쏟아 죽기까지
사랑하신 그분의

사랑 그 사랑으로
그 사랑으로

주 사랑으로 살아

주님의 사랑

그 십자가 사랑으로

십자가 사랑

4장.

오늘도
너를 사랑해

언제나 함께 사랑하면서
사랑의 얘기 함께 쓰면서
사랑을 불러
항상 이렇게 지내 온 우리

눈의 이야기

눈이 이야기해요
난 매 겨울 하얗게 내려
온 세상을 덮는 이불이야

눈이 이야기해요
난 매 겨울 하얗게 내려
온 세상을 깨끗하게 만들어

약속의 사랑

사랑의 말씀을 받고
사랑의 약속을 받고

사랑의 말씀을 믿고
사랑의 약속을 믿고

기도로 느끼는 기쁨
우리는 누리며 산다

나는 누구인가

정민이 넌 누구니
너는 사랑받은 사람
너는 소중한 사람

때론 힘들어 지치지만
넌 하나님의 자녀니까
넌 괜찮아 넌 특별해

너의 이름 정민이
옥구슬처럼 반짝이는
이름이 너의 이름이야

행복하니

너는 지금 행복하니
다시 묻는다

나에게 내가
지금 이 순간

나에게 묻는다

고백한다 오늘
고백한다 오늘

묻고 대답한다
오늘도 나에게

너를 아냐고
너를 아냐고

나에게 묻는다
나에게 묻는다

너에게 묻는다

너는 누구니
나 정민이

정민이 누군데
나 나

너 누군데
하나님 자녀

그럼 너답게
그럼 그렇게

시 속에는

삶이 있다
녹아 있다

고통
슬픔

사랑
행복

삶이 있다
녹아 있다

알고 찾고

알고 싶어
찾고 싶어

너의 모습을
그 모습을

너를 너의 모습을
너를 너의 모습을

알고 싶어
찾고 싶어

오늘도 나를 키우심

나의 시 속 나의 삶이
나의 시 속 나의 행복

나의 웃음, 꿈과
나의 희망, 시작이

예수님 십자가 피의 사랑
여기에 있습니다

이 죽음 이 생명의 사랑
여기에 있습니다

나의 모든 것이 여기, 여기에
있음을 다시 고백합니다

나를 키우시는 주님, 부모님

감사하고 사랑합니다

12월의 기도

아름답고 따뜻한
올해의 마지막

사랑으로 감사로
올해에게 인사하고

다가오는 내년을
품에 안고 주님과

달리길 기도합니다
달리길 기도합니다

모두가 한 번쯤

내가 죽게 된다면
내가 죽게 된다면

난 뭐라 할까
난 뭐라 할까

행복한 미소를
지으며 그렇게

내가 죽게 된다면
내가 죽게 된다면

안긴 널

안겨서 나와
안겨서 나와

내게 안겨서
내 품 안에

살고 웃고 느끼고 부르고 쓰는
살고 웃고 느끼고 부르고 쓰는

너의 모습 보는
너의 모습 볼 때

난 난 난 난
난 난 난 난

행복한 사람

언제나 행복을
위해 기도하고

행복한 사람과
나누고 대화하며

웃는 사람과 웃으며
내 행복을 전하며

행복 안에서 살아
행복과 함께하는

나에게 쓰는 편지

정민이에게

안녕 나 정민이야
생일을 맞아 너에게
편지를 보낸다

이겨 줌 고맙고
내가 너여서 감사해
지금의 너의 모습이 좋아

왜냐면 지금 너의
모습이라면
발전 가능성이 있으니까

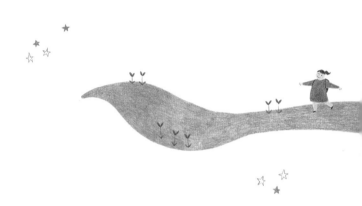

너의 뜨거운 삶을

응원하며

정민이가

사랑하고

너의 모습을 보면
아름답고 또 아름다워
내가 너의 모습을 보면

난 너를 사랑하고 있어
난 너니까 넌 나이기에

무엇보다도 사랑하고 계셔
주님이 널 사랑하고 계셔

너는 주님의 자녀니까
넌 소중한 사람이니까

사랑하는 정민 나
오늘 나에게 내가

아빠

아빠, 아빠, 아빠라는
아빠라는 이름으로 내게

와 준, 아니, 하나님이 주셔서
사랑하고 나의 아빠로 빛나고 살게 하신

나의 아빠이기에 빛나고 빛나는
사람, 아빠 아름답고 빛이 나

향기님을 만나

가장 힘들었을 때 만나 맡으며
만나 함께 일어설 수 있었습니다

저에게 다가와 주셔서
저에게 다가와 주셔서

향기님 감사합니다
향기님 사랑합니다

향기님을 만나
향기님을 만나

가장 힘들었을 때 만나 맡으며
만나 함께 일어설 수 있었습니다

난 너의 기적 1

너와 내가 친구 되어
넌 나의 기적이 되고
난 너의 기적이 되었네

내 친구 유진이와
더 사랑 나누고 싶어
내 기적의 친구니까

늘 지금처럼 사랑과
행복과 모든 것 나누며
지금처럼 이렇게

난 너의 기적 2

난 너의 기적
나에게도 넌 기적

우린 기적 같은 친구니까
우린 항상 함께하기 약속

늘 서로의 곁에서
행 슬 사 나누는 우리로

내 기적의 친구 유진아
우리 언제나 지금처럼만

내가 더 너의 버팀목이 되어 줄게
넌 그냥 지금처럼 있어 줘

존재만으로 고맙고 사랑스러운 친구야

너도 그 모습만으로 충분해

난 너의 기적

나에게도 넌 기적

오늘도 너를 사랑해

오늘도 너를 사랑해
내일도 너를 사랑해

오늘은 너의 9월 17일
유진이 네가 태어난 날

태어나 내게 가장 소중한
친구가 되어 만나 이렇게

언제나 함께 사랑하면서
사랑의 얘기 함께 쓰면서

사랑을 불러 항상 이렇게
지내 온 우리 같이 이렇게

오늘도 너를 사랑해
내일도 너를 사랑해

나의 친구 최고의 선물
유진이에게

행복을 나눈다

그분과 행복을 나눈다
그분과 행복의 방법을

행복의 이유를
행복을 보낸다

행복 학교에서 만나
행복을 함께 살아간다

함께 행복을 노래해 주는
그분이 나는 좋다

색으로

색으로 표현할 수 있을까
색으로 표현할 수 있을까

행복은 사는 것
행복은 삶인데

삶은 무슨 색일까
아이보리일까, 분홍일까

색으로 표현할 수 있을까
색으로 표현할 수 있을까

행복을 산다

행복을 산다
행복을 산다

우리는 안에 산다
우리는 아니 나는

고백하며
안에 산다

행복을 산다
행복을 산다

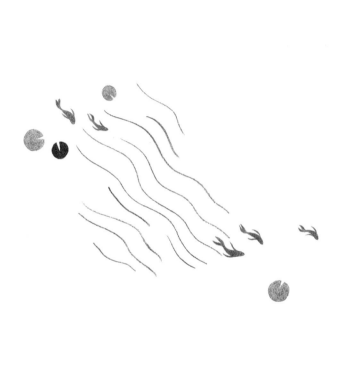

할 수 없는 일

내 힘으로 할 수 없는 일
순수하게 사는 것
나답게 나로 사는 것

내 힘으로 할 수 없는 것
울지 않고 울더라도
남을 위해 우는 것

그렇기에 오늘도
쓰고 고백해
나의 모습을

행복과 함께
울고 웃기를
행복을 살기를

행복과 함께
나답게 살기를
나로 살기를

엄마 아빠

엄마 아빠로
엄마 아빠로

내 곁에 있어
다 주는 이름

내 사랑하는 사람들
다 고마운 사람들

표현 못해 아쉬운 사람들
더 사랑을 감사를

사랑해, 사랑해
그 이름

엄마 아빠

엄마 아빠

엄마만의

엄마만의 날을
축하드려요

엄마임에 감사해
엄마를 사랑해요

엄마가 태어난 날
엄마의 특별한

축하해 엄마의
특별한 날을

3월 14일
엄마를 만나

함께하고 사랑하고

엄마의 선물이 되어

곁에서 딸로

살아갈 수 있음이

감사합니다

사랑합니다

5장.

주님과
함께 쓴다

사랑을 쓰고 삶을 쓰고
행복을 쓰고 주님 쓰고
나를 쓰며 이렇게 쓴다
항상 시를

진심으로

진심으로 다시
주님을 다시
주님을 다시

사랑하며 찬양의 삶
살게 하소서

삶의 시와

삶의 시와

삶의 노래로

삶으로 다시

주님만을

찬양하게 하소서

더

더 주님을
사랑하게

더 주님만을
찬양하게

더 사랑을
표현하게

더 주님과
행복하게 하소서

사계절이 들려주는
이야기 1

봄은 이야기해요
꽃이 피어나는 이야기

여름은 이야기해요
물과 바람 이야기

가을은 이야기해요
단풍의 옷을 갈아입는 이야기

겨울은 이야기해요
눈꽃의 쓸쓸한 노래 이야기

우리 함께 들어 봐요
사계절이 하는 주님 이야기

사계절이 들려주는
이야기 2

봄,

꽃을 피워 내며

시작을 이야기하고

여름,

바람과 물의 노래로

쉼을 이야기하고

가을,

단풍이 새 옷으로

쓸쓸함을 이야기하고

겨울,

눈으로 덮으며

기다림의 미를 이야기한다

약속 1

약속, 그 약속을
내가 얼마나

사랑의 약속을
그 사랑 그 약속

사랑의 주님 약속
내 사랑의 약속

약속, 그 약속을
내가 얼마나

약속 2

그 사랑 그 약속들에
나 감사 더 감사하며

그 귀한 약속들을
그 주님 사랑하며

그 사랑 그 약속들을
울 모두 더 감사하며

울 모두 사랑하며
지키고 있을까?

나에게

너 어떻게 지내니
넌 지금 행복해?

주님과 함께함이
행복이라 말하면서

넌 그렇게 살고 있니
넌 그렇게 살고 있니?

주님과 함께함이
행복이라 말하면서

나를 찾아 떠나는 여행

나

네가

왜

주님 안에

그렇게 여행을 떠난다

뜨겁게

그 뜨거운 사랑을 주셨으니
나 주님을 뜨겁게 사랑하게

그 뜨거운 사랑을 주셨으니
더 뜨겁게 주님을 찬양하게

더 뜨거운 찬양을 드리는
더 뜨거운 감사를 드리는

나 그 사람 되어지길
우리 그 사람 되어지길

주님 안에

주님 십자가 사랑 생각하며
늘 감사하고 주님 안에 거해
늘 행복한 우리 되게 하소서

주님과 주님을

주님과 더 큰 기쁨을
주님과 더 큰 사랑을

주님과 더 큰 행복을
주님과 더 큰 희망을

노래하는 내가 되길
노래하는 우리가 되길

찬양하는 내가 되길
찬양하는 우리 되길

빛, 참복, 사랑

나를 밝혀
내가 죽어
너를 살려

그때도 과거도
지금도 현재도
끝까지 영원히

나를 보이고
생명 주어서
너를 사랑해

그때도 과거도
지금도 현재도
끝까지 영원히

아름다운 너의 모습

널 내가 불렀기에 넌
아름다운 사람이야

내가 불러 존재 이유를
알려 주었기에 넌 아름다워

내가 널 만들어 나의 숨을
불어 주어 살게 했으니 넌 특별해

너의 아름다운 모습
넌 아름다운 나의 자녀

주님과 함께 쓴다

주님과 함께 쓴다
주님과 함께 쓴다

사랑을 쓰고 삶을 쓰고
행복을 쓰고 주님 쓰고

나를 쓰며 이렇게 쓴다
항상 시를 써 가는 방법

주님과 함께 쓴다
주님과 함께 쓴다

주님과 함께 쓰고 주님이 쓰신다
주님과 함께 쓰고 주님이 쓰신다

보물

주 사랑의 보물을
큰 소망의 보물을

큰 기쁨의 보물을
큰 행복의 보물을

새 희망의 보물을
새론 꿈의 보물을

보물 마음속 보물
가장 귀중한 보물

내 주님과 함께하는 것
내 보물 되시는 주님과

사랑 담기

사랑을 담기가
너무나 어려워

예수님 사랑은
너무나 크기에

진정한 사랑은
진정한 사랑은

주님의 사랑은
담기 어려워요

사랑을 다 쓰긴
너무나 어려워

사랑은 담기에
너무 어려워요

내가 받은 사랑
너무너무 커서

모두 표현하긴
너무 어려워요

그래도 최선 다해
주님을 찬양해요

채워 주세요

너는 항상 기뻐하라
쉬지 말고 기도하라

범사에 감사하라
이는 너희를 향하신

하나님의
뜻이니라 하시니라

주님 기쁨을 채워 주소서
주님 감사를 채워 주소서

주님 주님으로 가득 채워 주소서
그리하시어 행복하게 하소서

찾자

기쁨을 찾자
사랑을 찾자
소망을 찾자
행복을 찾자

주님 안에서

삶

삶은 무너짐이다
삶은 회복이다

삶은 만남이다
삶은 함께함이다

무너져도 주님과 가족과
함께하니 회복

따뜻한 친구들과
함께하니 회복

삶은 이기고
삶은 찾고

삶은 만들고
삶은 키우고

폭풍 이기고
보물인 나를 찾고

마음 숲에 꿈 나무 사랑 꽃 행복 꽃
희망 꽃 피우고 가꾸는 것

성탄의 기도

성탄의 의미
성탄의 사랑이

울 마음속 꽃이 되어
피어나길 기도합니다

주님 주님이
오심이 피 사랑 이루심

이 사랑이 모두 닿아
이 사랑의 기쁨으로

가득하게 하소서
가득하게 하소서

성탄의 의미

성탄의 사랑이

중심

나를 찾고

중심 잡고
나아가자

나무처럼
우뚝 서서

주와 함께
가자 가자

중심 잡고
나아가자

은혜로 1

은혜로, 은혜로
산다 하면서

붙드심 속에
붙드심으로

살고 있는데
은혜 속에서

행복 속에서
행복 사는데

고백하는데
주님 사랑을

은혜로 2

내 생각으로
내 마음으로

살지 않기
살지 않게

은혜와 행복 속에
그렇게 살아가기

은혜로 오늘도
은혜로 내일도

감사해요

행복할 수 있음이
감사해요 행복이

주님과 함께
행복할 수 있어

나의 행복 되심이
나의 행복이심이

행복하게 살 수 있음이
감사해요 행복이

공기 너처럼

공기 너처럼
나에게 없으면……

늘 함께 늘 같이
늘 옆에 늘 안에

너도 나에게 오듯이
언제 어디에 있든

다시 부르시는
다시 오게 되는

다시 그 자리로
항상 그분과의

널 만드신 그분

그분께로 간다

언제나 계시는 주님

사랑해 감사해

공기 너처럼

나에게 없으면……